四庫全書宋詞別集叢刊

十二

竹坡詞

周紫芝

蘆川詞

張元幹

四庫全書宋詞別集叢刊 ⑫

商務印書館

竹坡詞

周紫芝

欽定四庫全書　集部十

竹坡詞　詞曲類　詞集之屬

提要

臣等謹案竹坡詞三卷宋周紫芝撰紫芝有太倉稊米集及竹坡詩話皆別著録馬端臨文獻通考載竹坡詞一卷此本作三卷考卷首高郵孫兢序稱離為三卷則通考一卷為誤兢序稱共詞一百四十八闋此本乃一百

五十闋據其子栞乾道九年重刻跋則憶王孫為絶筆初刻止於是篇其減字木蘭花採桑子二篇乃栞續得之佚稿別附於末故與原本數異也集中鷓鴣天凡十三闋後三闋自註云予少時酷喜小晏詞故其所作時有似此體製者此三篇是也晚年歌之不甚如人意聊載於此云云則紫芝填詞本從晏幾道入晚乃刊除穠麗自為一格競序稱其少

師張耒稍長師李之儀者乃是詩文之淵源
非詞之淵源也棨跋稱是集先刻於潯陽訛
舛甚多乃親自校讐然集中瀟湘夜雨之調
實為滿庭芳兩調相似而實不同其瀟湘夜
雨本調有趙彦端一詞可證自是集誤以滿
庭芳當之詞滙遂混為一調至選聲列瀟湘
夜雨調反不収趙詞而止収周詞是愈轉愈
訛其詞可證其定風波另有正體與此不同

皆爲踈舛殆後人又有竄亂非栞手勘之舊矣乾隆四十九年五月恭校上

總纂官臣紀昀臣陸錫熊臣孫士毅

總校官臣陸費墀

竹坡詞原序

竹坡先生少慕張右史而師之稍長從李姑溪遊與之上下其議論由是盡得前輩作文關紐其大者固已掀揭漢唐凌厲騷雅爗然名一世矣至其嬉笑之餘溢為樂章則清麗宛曲當得如是豈苦心刻意而為之者昔吾觀先生蔡伯評近世之詞謂蘇東坡辭勝乎情柳耆卿情勝乎辭辭情兼稱者唯秦少游而已世以為善評雖然耆卿不足道也使伯世見此詞當必有以處之矣

凡一百四十八詞離為三卷乾道二年上元日髙郵孫兢序

欽定四庫全書

竹坡詞卷一

宋　周紫芝　撰

水龍吟　天中節祝聖詞

黄金雙闕横空，望中隱約三山眇。春皇欲降，渚烟收盡，青虹正繞。日到層霄，九枝光滿，普天俱照。看海中桃熟，雲幡絳節，冉冉度滄波渺。　遥想建章宫闕，正薫風、月寒清曉。紅鸞影上，雲韶聲裏，蒙天一笑。萬國朝元，百蠻

款塞太平多少聽堯雲深處人人盡祝似天難老

又 題夢雲軒

楚山千疊浮空楚雲只在巫山住鸞飛鳳舞當時空記夢中奇語曉日曈曨夕陽零亂梟紅縈素問如今依舊霏霏冉冉知他為誰朝暮　玉佩烟鬟飛動炯星眸人間相遇嫣然一笑陽城下蔡盡成驚顧蕙帳春濃蘭衾日暖未成行雨但丁寧莫似陽臺夢斷又隨風去

又 須江望九華作

楚山木落風高暮雲黯黯孤容瘦天晴似洗明霞消盡
玉巒排秀九鳳飛來五雲深處一晴輕翦恨三山不見
六鰲去後天空遠人將老　堪笑此生如寄信扁舟朅
來江表望中愁眼依稀猶認數峰林杪萬里東南跨江
雲夢此情多問何時還我千巖萬壑卧霜天曉

浣溪沙　今歲冬温近臘無雪而梅殊未放戲作浣溪沙三疊以望發奇秀

近臘風光一半休南枝未動北枝愁嫦娥莫是見人羞
么鳳不傳蓬島信杜鵑空辦鶴林秋便須千遍打梁

州

又

欲醉江梅與未休待𥘬春瓮洗春愁不成歡緒却成羞
天意若教花似雪客情寧恨鬢如秋趂他何遜在揚
州

又

無限春晴不肯休江梅未動使人愁東昏覷得玉奴羞
對酒情懷疑是夢憶花天氣黯如秋喚春雲夢澤南

州

又 和陳相之題烟波圖

水上鳴榔不繫船醉來深閑短蓬眠潮生潮落自年年

一尺鱸魚新活計半蓑烟雨舊衣冠廟堂空有畫圖

看

又

多病嫌秋怕上樓苦無情緒嬾擡頭雁來不寄小銀鈎

一點離情深似海萬重凄恨黯如秋怎生禁得許多

愁

又

醽醁新翻碧玉壺水精釵裊絳紗符吳姬親手碎昌蒲
綵索縈時新睡起榴花剪處要人扶心情還似去年
無

又

學畫雙蛾苦未成髻雲新結翠鬟輕伴人歌笑已多情
飛絮亂花閒院宇舞鸞歌鳳小娉婷陽關休唱斷腸

聲

卜算子 席上送王彥猷

江北上歸舟，再見江南岸。江北江南幾度秋，夢裏朱顔換。　人是嶺頭雲，聚散天誰管。君似孤雲何處歸，我似離羣雁。

又 再和彥猷

霜葉下孤蓬，船在垂楊岸。早是淒涼惜別時，更惜年華換。　別酒解留人，拚醉君休管。醉裏朱絃莫謾彈，愁入

參差雁

又 西窗見剪榴花

絮盡柳成空春去花如掃窗外枝枝海石榴特為幽人好密葉過流離薄艷明芳草剪得花時却傍闌樓工人垂討

木蘭花 長安狹邪中有高自標置者客非新科不得其門時頗稱之予嘗語人曰相馬失之肥相士失之瘦世亦豈可以是論人物乎戲作此詞為花衢狹客一笑

嫦娥天上人誰識家在蓬山烟水隔不應著意眼前人

便是登瀛當日客　雙眸炯炯秋波滴也解人間青與白檀郎未摘月邊枝枉是不教花愛惜

又

江頭雨後山如髻催送新涼風有意月來楊柳綠陰中秋在梧桐疎影外　小窗紋簟涼如水歲歲年年同此味眼前不忍對西風夢裏更堪追往事

減字木蘭花

春閒晝永城下江深山倒影淨掃風埃收拾烟光入句

來短窗閒倚身似浮雲門似水誰伴餘年結得青山一個緣

又 內子生日

蓬萊三島上有青青千歲草玉佩烟鬟來作人間一笑歡麻姑行酒蕚綠華歌清韻梟玉秀蘭芳醉舞東風綵袖長

又 大梁楊師醇奉親至孝嘗手植木犀於堂後木未三尺而已著數花葢造物者以娛萱堂老人也師醇以長短句分餉一枝竹坡作此解以贊之

西山岩桂常恨香聞烟雨外何似君家戲綵堂前早試花黄金千粟風撼芳條香馥馥一剪無多桃李漫山奈俗何

又 晁別駕生日

當年大伯曾是東坡門下客文采風流奕葉傳芳總未休 為公持酒願祝彩衣無限壽歸覲楓宸剩醉長安幾度春

攤破浣溪沙 茶詞

蒼壁新敲小鳳團赤溼開印煮清泉醉捧纖纖雙玉笋鷓鴣斑 雪浪濺翻金縷袖松風吹醒玉酡顔更待微甘回齒頰且留連

又 湯詞

門外青驄月下嘶映堦籠燭畫簾垂一曲陽關聲欲盡不多時 鳳餅未殘雲脚乳水沉催注玉花甆忍看捧甌春笋露翠鬟低

小調歌頭 十月六日於僕為始生之日戲作此詞為林下一笑世固未有自作生日詞者

蓋自竹坡老人始也

白髮三千丈雙鬢不勝垂人間憂喜如夢老矣更何之遽玉行年過了未必如今俱是五十九年非擬把彭殤夢分付與癡兒　君莫羨客起舞壽瓊卮此生但願長道猿鶴共追隨金印借令如斗富貴那能長久不飲竟何為莫問蓬萊路從古少人知

又　王次卿歸自彭門中秋步月作

濯錦橋邊月幾度照中秋年年此夜清景伴我與君遊

萬里相隨何處看盡吳波越嶂更向古徐州應為霜鬢老西望倚黃樓　天如水雲似掃素魂流不知今夕何夕相對語羈愁故國歸來何事記易南枝驚鵲還對玉蟾羞踏盡疎桐影更復為君留

又　丙午登白鷺亭作

歲晚念行役江濶渺風烟六朝文物何在回首更淒然倚盡危樓傑觀暗想瓊枝璧月羅襪步承蓮桃葉山前鷺無語下寒灘　潮寂寞浸孤壘漲平川莫愁艇子何

處烟樹杳無邊王謝堂前雙燕空繞烏衣門巷斜日草連天只有臺城月千古照嬋娟

又 雨後月出西湖作

落日在烟樹雲水兩空濛澹霞消盡何事依約有微紅湖上晚來風細吹盡一天殘雨蒼翠溼千峰誰遣長空月冷浸玉壺中　問明月應解笑白頭翁不堪老去依舊臨水照衰容良夜幾枝烟棹獨倚危檣西望目斷遠山重但恨故人遠此樂與誰同

沙塞子 中秋無月

秋雲微淡月微羞雲黯黯月彩難留只應是嫦娥心裏也似人愁 幾時回步玉移鈎人共月同上南樓却重聽畫闌西角月下輕謳

又 席上送趙叔時東南方擾

玉溪秋月浸寒波忍持酒重聽驪歌不堪對緑陰飛閣月下羞娥 夜深驚鵲轉南柯慘別意無奈愁何他年不須重問轉更愁多

鷓鴣天

荷氣吹涼到枕邊薄紗如霧亦如烟清泉浴後花垂雨白酒傾時玉滿船　釵欲溜髻微偏却尋霜粉撲香綿冰肌近著渾無暑小扇頻摇最可憐

又七夕

烏鵲橋邊河漢流洗車微雨溼清秋相逢不似長相憶一度相逢一度愁　雲却静月垂鈎金鍼穿得喜回頭只應人倚闌干處便似天孫梳洗樓

又 李彦恢生日

尊酒年年樂事多古銅猶得幾摩挲他時人物君須記玉笋班中李泰和　煩翠袖把金荷功名餘事且高歌新來學得長生訣寫就黄庭不换鵞

又 沈彦述生日

名在休文季孟間一時風味更蕭然瓊林不逐春風老安用丹砂巧駐顔　春入户酒吹瀾小桃枝上錦斕斑明年欲與君為壽無路相從入道山

又 和劉長孺有贈

裊裊雲梳曉髻堆涓涓秋淨眼波回舊家十二峰前住偶為襄王下楚臺　閒院靜小桃開劉郎前度幾回來東風易得行雲散花裏傳觴莫謾催

又 和孫子紹菊花詞

晴日烘簾暖似春菊回霜暈淺仍深誰知此地栽花手便是當時嗔蕋人　秋渺渺夜沉沉一聲清唱裊殘音嬌癡應挽香羅比六幅雙裙染鬱金

又

一點殘釭欲盡時乍涼秋氣滿屏幃梧桐葉上三更雨滴滴聲聲是別離　調寶瑟撥金猊那時同唱鷓鴣詞而今風雨西樓夜不聽清歌也淚垂

又 重九登醉山堂戲集前人句作鷓鴣天令官妓歌之為酒間一笑前一首自為之也

年少登高意氣多黃花壓帽醉嵯峨如今滿眼看華髮强撚茱萸奈老何　千疊岫萬重波一時分付與秦娥明年身健君休問且對秋風卷翠螺

又

終日看山不厭山尋思百計不如閒何時得到重陽日醉把茱萸仔細看　歌醉帽倚雕欄偶然擕酒却成歡籬邊黄菊關心事觸忤愁人到酒邊

又　荆州都倅生日

讀盡牙籤玉軸書不知門外有園蔬借令未解鑾坡去也合讎書在石渠　微雨後小寒初滿斟長壽碧琳腴不須更問荆州路便上追鋒御府車

又

予少時酷喜小晏詞故其所作時有似其體製者此三篇是也晚年歌之不甚如人意聊載于此爲長短句之體助云

樓上緗桃一萼紅别來開謝幾東風武陵春盡無人處猶有劉郎去後蹤　香閣小翠簾重今宵何事偶相逢行雲又被風吹散見了依前是夢中

又

綵鷁雙飛雪浪翻楚歌聲轉緑楊灣一川紅旆初銜日兩岸朱樓不下簾　闌倚處玉垂纖白團扇底藕絲衫

未成寒約回秋水看得羞時隔畫簷

又

花褪殘紅綠滿枝嫩寒猶透薄羅衣池塘雨細雙鴛睡楊柳風輕小燕飛　人别後酒醒時午窗殘夢子規啼尊前心事人誰問花底閒愁春又歸

採桑子　雨後至玉壺軒

跳珠雨罷風初靜闌檻憑虛絳闕清都只在仙人碧玉壺　九原喚起王摩詰畫作新圖十里芙蕖乞與知章

老鹽湖

西江月

畫幞燈前細雨垂蓮盞裏清歌玉纖持板隔香羅不放行雲飛過　今夜塵生洛浦明朝雨在巫山羞蛾且莫鬬彎環不似司空見慣

又

池面風翻弱絮樹頭雨退嫣紅撲花蝴蝶杳無蹤又做一場春夢　便是一成去了不成没個來時眼前無處

說相思要說除非夢裏

又

羅袖雲輕霧薄醉肌玉軟花柔相逢不道有春愁只道春來徹瘦　一點人間深意數聲柳下輕謳帶將離恨上歸舟腸斷月斜時候

又

髩白猶欹旅枕溪深未挂烟蓑往來茗雲意如何應有輕鷗笑我　細算年來活計只消一個漁舟金魚無分

不須求只乞鱸魚換酒

又 席上賦雙荔子

連理枝頭並蔕同心帶上雙垂背燈偷贈語低低一點濃情先寄 翡翠釵頭摘處鴛鴦枕上醒時酸甜紅顆阿誰知別是人間滋味

又 和孫子紹拒霜詞

天意未教秋老花容剗地宜霜酒肌紅軟玉肌香不與梨花同樣 來伴孫郎小宴臨風為舞霓裳更深綠水

照紅粧便是綠蓮船上

又

誰把藍揉翡翠天將蠟做梅花晚來秋水映殘霞水墨新描圖畫　紙上寫將心去眼邊却送愁來今回相見比前回心下忡忡越憹

小重山

溪上晴山簇翠螺曉來霜葉醉小池荷瑣窗秋意苦無多簾繡卷黃菊兩三窠　小睡擁香羅起來匀醉粉玉

垂梭只愁無奈夜長何你去也今夜早來麼

又 方元相生日

碧玉山圍十里湖水雲天共遠戲雙凫河陽花縣錦屏鋪人不老長日在蓬壺 一笑且踟蹰會騎箕尾去上雲衢十分深注碧琳腴休惜醉醉後有人扶

竹坡詞卷一

欽定四庫全書

竹坡詞卷二

宋 周紫芝 撰

漢宮春 己未中秋作

秋意還深漸銀牀露冷梧葉風高嬋娟也應為我羞照霜毛流年老盡漫銀蟾冷浸香醪殊盡把平生怨感一時分付離騷 傷心故人千里問陰晴何處還記今宵樓高共誰同看玉桂烟梢南枝鵲繞歎此生飄轉江皋

須約他年年清照為人常到寒宵

又

別乘趙季成以山谷道人反魂梅香材見遺明日劑成下幃一炷恍然如身在孤山雪後園林水邊籬落使人神氣俱清又明日乃作此詞歌於妙香寮中亦僕西來一可喜事也

香滿箱匳看沉犀弄水濃麝含薰荀郎一時舊事盡屬王孫殘膏賸馥須傾囊乞與蘭蓀金獸暖雲窗霧閣為人洗盡餘醺　依稀雪梅風味似孤山盡處馬上烟村從來甲煎淺俗那忍重聞蘇臺燕寢下重幃深閉孤雲都占得橫斜亂影伴他月下黄昏

醉落魄

江天雲薄江頭雪似楊花落寒燈不管人離索照得人來眞個睡不著　歸期已負梅花約又還春動空飄泊曉寒誰看伊梳掠雪滿西樓人在闌干角

又

柳邊池閣晚來卷地東風惡人生不解頻行樂昨日花開今日風吹落　楊花却似人飄泊春雲更似人情薄如今始信從前錯爲個蠅頭輕負青山約

又 重午日過石熙明出侍兒鴛鴦

薰風池閣小紅橋下荷花薄沙平水淺山如削水上鴛鴦何處風吹落　今朝端午新梳掠錦絲團腕花柔弱人生只有樽前樂前度劉郎莫負重來約

又

雲深海濶天風吹上黃金闕酒醒不記歸時節三十年來往事無人說　浮生正似風中雪丹砂豈是神僊訣世間生死無休歇長伴君閒只有山中月

阮郎歸

酴醿花謝日遲遲楊花無數飛章臺側畔儘風吹飄零無定期　煙漠漠草萋萋江南春盡時可憐蹤跡尚東西故園何日歸

又

月櫺疎影照嬋娟閒臨小玉盤棗花金釧出纖纖碁聲敲夜寒　飛雹冷水精圓夜深人未眠笑催爐獸暖衾鴛莫教銀漏殘

又 西湖摘楊梅作

西湖山下水潺潺滿山風雨寒枝頭紅日曉斕斑越梅催曉丹　連翠葉擁金盤玉池生乳泉此生三度試甘酸欲歸歸尚難

青玉案 凌歊臺懐如溪老人李端叔

青鞋忍踏江邊路恨人已騎鯨去筆底驊騮誰與度西州重到可憐不見華屋生存處　秋江渺渺高臺暮滿壁棲鴉醉時句飛上金鑾人漫許清歌低唱小蠻猶在空

溼梨花雨

又

梅花落盡人誰管暗淒斷傷春眼雪後平蕪春尚淺一簪華髮滿襟離恨羞做東風伴　鬬花小斛蘭芽短猶是當時舊庭院擬把新愁憑酒遣春衫重看酒痕猶在忍放金盃滿

菩薩蠻

翠蛾嬾畫粧痕淺香肌得酒花柔軟粉汗溼吳綾玉釵

敧枕稜　鬢綠雲銜膩羅帶還重繫含笑出房櫳羞隨

臉上紅

又

風頭不定雲來去天教月到湖心住遥夜一襟愁水風

渾似秋　藕花迎露笑暗水飛螢照漁笛莫頻吹客愁人

不知

又　賦疑梅香

寶薰拂拂濃如霧暗驚梅蘂風前度依約似江村餘香

馬上聞　畫橋風雨暮零落知無數收拾小窗春金爐檀炷深

西地錦

雨細欲收還滴滿一庭秋色闌干獨倚無人共說這些愁寂　手把玉郎書跡怎不教人憶看看又是黄昏也斂眉峰輕碧

謁金門

春雨細開盡一番桃李柳暗曲闌花滿地日高人睡起

綠浸小池春水沙暖鴛鴦雙戲薄倖更無書一紙畫樓愁獨倚

生查子

春寒入翠帷月淡雲來去院落半晴天風撼梨花樹人辭掩金鋪閒倚秋千柱滿眼是相思無説相思處

又

青絲結曉鬟臨鏡心情嬾知為曉愁濃畫得雙蛾淺柳困玉樓空花落紅窗暖相對語春愁只有春閨燕

又

新觀君未成往事無人記行雨共行雲如夢還如醉

相見又難言欲住渾無計眉翠莫頻低我已無多淚

又

清歌憶去年共唱秦樓曲門外月橫波帳裏人如玉

秋風吹彩雲夢斷驚難續别調不堪聞紅淚銷殘燭

又

金鞍欲别時芳草溪邊渡不忍上西樓怕看來時路

簾幕卷東風燕子雙雙語薄倖不歸來冷落春情緒

又

輕雲淺護霜曉日紅生砌煙共寶薰濃人與山長翠銀浪酒杯濃錦幄雙鸞戲庭下彩衣郎共祝千千歲

昭君怨

滿院融融花氣紅繡一簾垂地往事憶年時只春知風又暖花漸滿人似行雲不見無計奈離情惡銷凝

秦樓月

東風歇香塵滿院花如雪花如雪看看又是黄昏時節
無言獨自添香鴨相思情緒無人説無人説照人只
有西樓斜月

天僊子

雪似楊花飛不定枝上凍禽昏欲暝寒窗相對話分飛
簫鼓静燈炯炯一曲陽關和淚聽　酒入離腸愁欲凝
往事不堪重記省勸君莫上玉樓梯風力勁山色暝忍
看去時樓下逕

漁家傲

過坎乘流隨分了雞蟲得失能多少兒輩雌黄堪一笑堪一笑鶴長鳧短從他道　幾度秋風吹夢到花姑溪上人空老喚取扁舟歸去好歸去好孤蓬一枕秋江曉

又 往歲阻風長蘆夜半舟中所見如此

月黑波飜江浩渺扁舟繫纜垂楊杪漁網横江燈火閙紅影照分明赤壁回驚棹　風静雲收天似掃夢疑身在三山島浮世功名何日了從醉倒梔樓紅日千岩曉

又 送李彥悈宰雍德

休惜騎鯨人已遠風流都被仍雲占腰下錦條纏寶劍光閃熖入閶莫作牛刀看　見説河陽花滿縣相邀更約踈狂伴幸有小蠻開小燕須少款玉堂此去知非晚

又 重九前兩日遊眞如廣孝二寺木犀方盛開而城中花已落數日矣郡人以扶踈高花絶勝水南因為為解嘲呈元壽知縣

路入雲岩山竅窕岩花滴露花頭小香共西風吹得到秋欲杪天還未放秋容老　誰道水南花不好猶勝金

盞渾如掃留取光陰重一笑須是早黄花更惜重陽帽

又 夜飲木芙蓉下

月黑天寒花欲睡移燈影落清樽裏喚醒妖紅明晚翠如有意嫣然一笑知誰會 露溼柔柯紅壓地羞容似替人垂淚著意西風吹不起空繞砌明年花共誰同醉

南柯子 方錢唐出侍兒范謝州要予作此詞

蟬薄輕梳髩螺香淺畫眉西湖人道似西施人似西施濃淡更相宜 畫燭催歌板飛花上舞衣殷勤猶勸玉

東西不道使君腸斷已多時

又

霧帳蘭衾暖薰爐寶篆濃眼波猶帶睡朦朧卧聽曉來雙燕語春風　螺戍歡餘黛霞銷枕處紅斷雲飛雨怕匆匆欲去且留情緒兩忡忡

又

白羽傳觴急金鞍躍馬遲雲間彩鳳看雙飛飛上碧梧枝上穩雙棲　林下風流女堂東坦腹兒此郎標韻世

間稀好為伯鸞舉案又齊眉

朝中措 登西湖北高峰作

西湖烟盡水溶溶一笑與誰同多謝湖邊霜菊伴人三見秋風　兩高南北天教看盡吳越西東趂取老來猶健登臨莫放杯空

又 二妙堂落成二十餘年而廬阜隱然常在有無間似不肯為老人出也作長短句以招之

大江流處是廬峰蒼玉照晴空何事淺鬟濃黛却成烟雨溟濛　如今蹤有雲濤萬頃翠巘千重傳語雲間五

老一尊須要君同

又

雨餘庭際冷蕭蕭簾幙度微颸鳥語喚回殘夢春寒勒住花梢　無憀睡起新愁黯黯歸路迢迢又是夕陽時候一爐沉水烟銷

又 移桃花作

小桃花動著枝濃移得伴衰翁多謝天公憐我一時染就輕紅　春光猶在花枝未老莫放尊空休倚半巖烟

樹能消幾度東風

又

黄昏樓閣亂棲鴉天末淡微霞風裏一池楊柳月邊滿樹梨花 陽臺路遠魚沉尺素人在天涯想得小窗遥夜哀絃撥斷琵琶

虞美人 西池見梅作

短牆梅粉香初透削約寒枝瘦惱人知為阿誰開還伴冷烟疎雨做愁媒 飄零苦恨春情薄不管花開落小

池踈影弄寒沙何似玉臺鸞鏡對橫斜

又 食瓜有感

西園摘處香和露洗盡南軒暑莫嫌坐上適來蠅只恐怕寒難近玉壺冰 井花浮翠金盆溜午夢初囘後詩翁自是不歸來不是青門無地可移栽

又

癡雲壓地輕陰薄春逗南枝萼上元佳節也燒燈時見竹籬茅舍兩三星 九衢風裏香塵擁十載鰲山夢如

今獨自倚冰簷落盡短檠紅灺不成眠

江城子

夕陽低盡柳如烟淡平川斷腸天今夜十分霜月更娟娟怎得人如天上月雖暫缺復重圓　搽雲飛雨又經年思凄然淚涓涓且做如今要見也無緣因甚江頭來處雁飛不到小樓邉

又

碧梧和露滴清秋小庭幽翠烟流蓋帶一襟明月上危

樓苦恨秋江風與月偏管斷這些愁　此情空道兩綢繆信悠悠幾時休到得如今剗地見無由擬待不能思想得無限事在心頭

瀟湘夜雨 濡須對雪

樓上寒深江邊雪滿楚臺烟靄空濛一天飛絮零亂點孤蓬似我華顛雪頽渾無定漂泊孤蹤空淒黯江天又晚風袖倚蒙茸　吾廬猶記得波橫素練玉做寒峰更短坡烟竹聲碎玲瓏擬問山陰舊路家何在遠山重漁

蓑冷扁舟夢斷燈暗小窗中

又

曉色凝暾霜痕猶淺九天春意將回隔年花信先已到江梅沉水烟濃如霧金波滿紅袖雙垂傴翁醉問春何在春在玉東西　瑶臺人不老還從東壁來步天墀且細看八塼花影遲遲會見朱顔緑鬢家長近咫尺天威君知否天教雨露常滿歳寒枝

又 和潘都曹九日詞

江繞淮城雲昏楚觀一枝烟笛誰橫曉風吹帽霜日照人明暗惱潘郎舊恨應追念菊老殘英秋空晚茱萸細撚醽醁為誰傾　人間真夢境新愁未了綠鬢星星問明年此會誰寄幽情倚盡一樓殘照何妨更月到簾旌憑闌久歌君妙曲誰是米嘉榮

又 二妙堂作

楚尾江橫斗南山秀輞川誰畫新圖幾時天際平地出方壺應念江南倦客家何在飄泊江湖天教共銀濤翠

壁相伴老人娱　長淮看不盡風帆落處天在平蕪箕人間此地豈是窮途好與婆娑盡日應須待月到金樞山中飲從教笑我白首醉糢糊

宴桃源

簾幕踈踈風透庭下月寒花瘦寬盡沈郎衣方寸不禁僝僽難受難受燈暗月斜時候

又

林外野塘烟膩衣上落梅香細瘦馬步凌兢人在亂山

叢裏憔悴憔悴回望小樓千里

又

緑畫小池波皺門外柳垂春晝花上雨簾纖簾幕燕來時候消瘦消瘦依約粉香襟袖

又與孫祖恭求酴醿

舊日荼蘼時候酒涴粉香襟袖老去惜春心試問孫郎知否花瘦花瘦剪取一枝重嗅一作添我小欄文繡

欽定四庫全書

竹坡詞卷二

欽定四庫全書

竹坡詞卷三

宋 周紫芝 撰

滿江紅 十一月二十有三日雪意濃甚已而復晴客歌世所傳催雪舉席歆艷有謂其詞俗者使僕作語為賦此曲

寂寂江天雪又滿晚來風急空懊恨散鹽飛絮未成輕集萬里長空飛不到珠簾捲盡還羞入問向晚誰欲畫漁蓑寒江立 天黯淡催殘日波浩渺添寒力又何如

聊遣舞衣紅溼好與月娥臨晚砌莫教先放梅花拆便

準擬一醉廣寒宮千山白

定風波令

梅粉梢頭雨未乾淡烟踈日帶春寒暝鴉啼處人在小

樓邊芳草只隨春恨長塞鴻空傍碧雲還斷霞銷盡

新月又嬋娟

蝶戀花

天意才晴風又雨催得風前日日吹輕絮燕子不飛鶯

不語滿庭芳草空無數　春去可堪人也去枝上殘紅
不忍撞頭覷假使留春春肯住與誰相伴春同處

永遇樂　五日

槐幄如雲燕泥猶溼雨餘清暑細草揺風小荷擎雨時
節還端午碧羅窗底依稀記得閒繫翠絲烟縷到如今
前歡如夢還對綵條無語　榴花半吐金刀猶在往事
更堪重數艾虎釵頭菖蒲酒裏舊約渾無據輕衫如露
玉肌似削人在畫樓深處想靈符無人共帶翠眉暗聚

驀山溪

月眉星眼閬苑眞僊侶嬌小正笄年每當筵愁歌怕舞水亭烟樹春去已無蹤桃源路知何處往事如風絮如今聞道悞剪香雲縷閒繫小烏紗更無心淺匀深注三山路杳終不是人間知誰與吹簫女共駕青鸞去

品令 重九前一日飛卿攜酒相過坐中歌空青送客詞因用其韻是日淮上獻單退舍

西風持酒悄不做愁時候機雲兄弟坐中玉樹璚枝高秀且莫勸人歸去坐來未久 甘泉書奏報幽障沉烽

後明朝重九茱萸休惱淚霑襟袖怕衰黄花也解笑人白首

又 九日寓居招提旅中不復出步上西菴絶頂擷黄菊一枝淒然有感復作此詞

霜蓬零亂笑緑鬢光陰晚紫茱時節小樓長醉一川平遠休説龍山佳會此情不淺　黄花香滿記白苧吴歌軟如今却向亂山叢裏一枝重看對著西風搔首為誰腸斷

清平樂

蘆洲晩淨雨罷江如鏡矗玉雙飛棲不定數點晩來烟艇　夢回滿眼凄涼一成無奈思量舟在緑楊堤下蟬嘶欲盡斜陽

又

烟鬟斂翠柳下門初閉門外一川風細細沙上暝禽飛起　今宵水畔樓邊風光宛似當年月到舊時明處共誰同倚闌干

又

青春欲暮柳下將飛絮月到堦前梅子樹啼得杜鵑飛去　人歸不掩朱門一成過了黄昏只有瑣窗紅蠟照人猶自鎖䰟

又

團欒小樹天與香無數薄艶不禁風日苦賸著紅油遮護　移栽未到江南香山㠀䙡先參勾引老情偏醉錦薰籠暖春酣

又

淺粧匀靚一點閒心性臉上羞紅凝不定惱亂酒愁花病　晚來淚揾殘霞墜鬟小玉釵斜細雨一簾春恨東風滿地桃花

又

東風庭户紅滿桃花樹准擬踏青南陌路雙鳳繡鞋新做　秋千月挂黄昏畫堂深掩朱門立盡花陰歸去此時别是銷魂

浪淘沙 己未除夜

江上送年歸還似年時屠蘇休恨到君遲覔得醉鄉無
事處莫放愁知　紅灺一燈垂應笑人衰鬢長皃短怨
他誰明日江樓春到也且醉南枝

又

落日在闌干風滿晴川坐來高浪擁銀山白鷺欲棲飛
不下却入蒼烟　千里水雲寒正繞烟鬟拍浮須要酒
杯寬天與吾曹供一醉不是人間

踏莎行 和人賦雙魚花

風翠輕翻霧紅深注鴛鴦池畔雙魚樹合歡鳳子也多情飛來連理枝頭住 欲付濃愁深憑尺素戲魚波上無尋處教誰試與問花看如何寄得香牋去

又

燕子歸來梅花又落緗桃雨後燕支薄眼前先自許多愁斜陽更在春池閣 夢裏新歡年時舊約日長院靜空簾幕幾回猛待不思量擡頭又是思量著

又 謝人寄梅花

鵲報寒枝魚傳尺素晴香暗與風微度故人還寄隴頭梅憑誰爲作梅花賦　柳外朱橋竹邊深塢何時却向君家去便須倩月與徘徊無人留得花常住

又

情似遊絲人如飛絮淚珠閣定空相覷一溪烟柳萬絲垂無因繫得蘭舟住　雁過斜陽草迷烟渚如今已是愁無數明朝且做莫思量如何過得今宵去

雨中花令　吳興道中頗厭行役作此曲寄武林交舊

山雨細泉生幽谷水滿平田雪壟紅蠶熟後黄雲隴麥
秋天問武陵烟暖數聲雞犬别是山川　嗟老去倦遊
蹤跡長恨華顛行盡吳頭楚尾空嶄萬壑千巖不如休
也一菴歸去依舊雲閒

點絳脣 西池桃花落盡賦此

燕子風高小桃枝上花無數亂溪深處滿地飛紅雨
喚得春來又送春歸去渾無緒劉郎前度空記來時路

又 内子生日

人道長生算來世上何曾有玉尊長倒早是人間少
四十年來歷盡閒煩惱如今老大家開口贏得花前笑

臨江僊

水遠山長何處去欲行人似孤雲十分瘦損沈休文忍
將秋水鏡容易與君分　試問梨花枝上雨為誰彈滿
清尊一江風月黯離魂平波催短棹小立送黄昏

又　送光州曾使君

記得武陵相見日六年往事堪驚回頭雙鬢已星星誰

知江上酒還與故人傾　鐵馬紅旗寒日暮使君猶寄邊城只愁飛詔下青冥不應霜寒晚横槊看詩成

好事近 青陽道中見梅花是日微風花已有落者

江路繞青山山翠撲衣輕溼誰釀晚來雲意做一天愁色　竹溪斜度儘籃輿踈梅暗香入何處最關心事恨落梅風急

又 謝人分得臘梅一枝

香臘染宫黄不屬世間風月分我照寒金盞伴小窗愁

絶　高標獨歩本無雙一枝為誰折壓盡年春桃李任

滿山如雪

又

簾外一聲歌傾盡滿城風月看到酒闌羞處想多情難

説　周郎元是個中人如今鬢如雪自恨老來腸肚誚

不堪摧折

又

雨後欲斜陽紅滿井梧風葉還是夜來時候共小軒明

月　不關纖手與調冰消除這些熱自是月娥肌骨似

玉壺香雪

又　海棠

春似酒杯濃醉得海棠無力誰染玉肌豐臉做燕支顏

色　送春風雨最無情吹殘也堪惜何似且留花住喚

小鬟催拍

又

秋意總關愁那更與君輕别從此共誰同醉恨老來風

月　遥知手板笑看雲江邊醉時節應為老人回首記
白頭如雪

酹江月

冰輪飛上正金波翻動玉壺新緑風帽還欹清露滴凜
凜微生寒粟白玉樓高水精簾捲十里堆瓊屋千山人
靜怒龍聲噴斷竹　夜久斗落天高銀河還對瀉冷懸
雙瀑此地人間何處有難買明珠千斛弄影人歸錦袍
何在更誰知鴻鵠素光如練滿天空挂寒玉

又 送路使君

楚山無盡看西來新擁石城雙旆立馬花邊金鐙暖遥想元戎小隊白雪歌成莫愁去後往事空千載一時吟嘯風流不減前輩　聞道夢澤南州日高初睡足雅宜高會老去愁多誰念我空對雲山蒼翠南雁歸時白頭應記得罇前傾蓋送君南浦無情空恨江水

感皇恩

殘月挂征鞍路長山繞獨擁寒袍犯霜曉水邊林下孤

負此生多少星星空滿鬢因誰早　不如辦個短蓑長釣喚取輕鷗伴人老思量也勝看人眉頭眼腦世間渾是夢何時了

又　除夜作

玉筯點撇花年華又杪絳蠟燒殘暗催曉小窗醒處夢斷月斜江悄故山春欲動歸程杳　天意不放人生長少富貴應須致身早此宵長願贏取一尊娛老假饒眞百歲能多少

又 竹坡老人步上南岡得堂基於孤峰絶頂間喜甚戲作長短句

無事小神僊世人誰會著甚來由自縈繫人生須是做些閒中活計百年能幾許無多子　近日謝天與片閒田地作個茅堂待打睡酒兒熟也贏取山中一醉人間如意事只此是

又 送晁別駕赴朝

江上一山横偶來同住山北山南共來去今朝何事日送征鴻輕舉可堪吹不斷梨花雨　千里莫厭重霄雲

路飛下彤庭伴鵷鷺紫騮烏帽看畫韋臺風絮故人應問我今何處

又 送侯彥嘉歸彭澤

何處是雲菴本來無住雲共誰來共誰去菊籬杯酒聊為淵明頻舉幅巾應屬溼斜川雨　此去常恨相從無路記取孤飛水邊鷺重來一笑又是柳飛殘絮夢魂飛不到君閒處彥嘉小室榜曰閒處

洞僊歌

江梅吹盡更幽蘭香度可惜濃春為誰住最嫌他無數輕薄桃花推不去偏守定東風一處　病來應怕酒眼常醒老去羞春似無語准擬強追隨管領風光人生只歡期難預縱留得梨花做寒食怎喫他朝來這般風雨

賀新郎

白首歸何晚笑一椽天教付與楚江南岸門外春山晚無數只有匡廬似染但想像紅粧不見誰念香山當日事漫青衫淚溼人誰管歌舊曲空凄怨　將軍未老身

歸漢筆功名過了唯有古詞塵滿誰似淵明拚得老飽看雲山萬點況此老斜川不遠終待我他年自剪黃花一酹重陽醆君為我休辭勸

蘇幕遮

水傍邊山畫處喚取雲來共我山頭住分得一江風共雨滿院芙蓉更聽紅粧舞　趂霜晴閒獨步那裏烟村有個梅花樹小徑斜穿來又去醉後知他有甚青雲路

又

老相邀山作伴千里西來始識廬山面愛酒揚雄渾不管天與隣翁來慰窮愁眼　似驚鴻吹又散畫舸橫江望斷江南岸地角天涯無近遠一闋清歌且放梨花滿

一剪梅 送楊師醇赴官

無限江山無限愁兩岸斜陽人上扁舟闌干吹浪不多時酒在離尊情滿滄洲　早是霜華兩鬢秋目送飛鴻那更難留問君尺素幾時來莫道長江不解西流

千秋歲 生日

小春時候晴日吳山秀霜尚淺梅先透波翻醽醁酰露暖芙蓉繡持壽酒仙娥特地回雙袖　試問春多少恩入芝蘭厚松不老山長久星占南極家是椒房舊君一笑金鑾看取人歸後

又　葉審言生日

當年文焰蜀錦風華擅鳳羽吉龍笙薦手攀天上桂書奏蓬萊殿人盡道洛陽盛事今重見　千尺青蒼榦直節凌霄漢天未識應嗟晚歛殘長壽酰歸赴春皇燕金

葉滿擗麟且受麻姑勸

又 春欲去二妙老人戲作長短句留之為社中一笑

送春歸去說與愁無數君去後歸何處人應空懊惱春亦無言語寒日暮騰騰醉夢隨風絮　盡日閒庭雨紅溼秋千柱人恨切鶯聲苦擬傾澆悶酒留取殘紅樹春去也不成不為愁人住

風入松

禁烟過後落花天無奈輕寒東風不管春歸去共殘紅

飛上秋千看盡天涯芳草春愁堆在闌干　楚江橫斷夕陽邊無限青烟舊時雲去今何處山無數柳漲平川與問風前回雁甚時吹過江南

憶王孫　絶筆

梅子生時春漸老紅滿地落花誰掃舊年池館不歸來又綠盡今年草思量千里鄉關道山共水幾時得到杜鵑只解怨殘春也不管人煩惱

減字木蘭花　雨中

快風消暑門近雨邊梅子樹晝夢騰騰急雨聲中喚不醒輕衫短帽林下日長聊散髮無計醫貧長作雲山高卧人

採桑子 將離武林

雲蹤老去渾無定飄泊寒空又被東風吹過江南第幾峰長安市上看花眼不到衰翁好趂歸鴻家在西巖碧桂叢

竹坡詞卷三

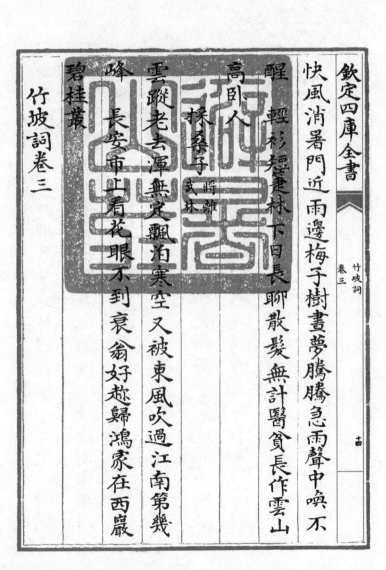

跋

余昔鐫竹坡老人詩話恨未見其全集亦未詳其始末旣閲宣城志文苑傳云周紫芝字少隱居陵陽山南父覺訓子甚篤每曰是子相法當貴然肩聳而好吟其終窮乎兩以鄉貢赴禮部不第家貧併日而炊人嗤之不顧嗜學益苦嘗從李之儀吕本中游有美譽建炎中吕好問知宣州每讌集必與俱年六十一始以廷對第三同學究出身調安豐軍不赴監户部麯院歷樞密院編

修官右司員外郎知興國軍崇政簡静終中焚香課詩而事不廢秩滿奉祠居廬山初秦檜愛其詩云秋聲歸草木寒色到衣裘留京每一篇出擊賞不已後和御製詩云已通灌玉親祠事更有何人敢告猷檜怒其諷已出之紫芝惟言士遇合有時吾豈以彼易此紹興乙亥卒子槩栞皆力學不仕茲集長短句凡三卷末有子栞跋綴二闋于絶筆之後但減字木蘭花一調誤作木蘭花令今釐正紫芝嘗評王次卿詩云如江平風霽微波

不興而洶湧之勢澎湃之聲固已隱然在其中其詞約略似之古虞毛晉識

欽定四庫全書

竹坡詞
跋

蘆川詞

張元幹

欽定四庫全書　　集部十

蘆川詞　　詞曲類　詞集之屬

提要

臣等謹案蘆川詞一卷宋張元幹撰元幹有蘆川歸來集别著録宋史藝文志載其詞二卷陳振孫書録解題又載蘆川詞止一卷與此本合元幹以忠義自許因待制胡銓謫新州作賀新郎詞以送坐是除名考宋史胡銓

傳其上書乞斬秦檜在戊午十一月則元幹除名自屬此時毛晉跋以為辛酉者誤也又李綱疏諫和議亦在是年十一月綱斯時已提舉洞霄宫元幹又有寄詞一闋此集以此二闋壓卷盖有深意其詞慷慨悲涼數百年後尚想其抑塞磊落之氣然其他作則多清麗婉轉與秦觀周邦彦可以肩隨毛晉跋曰人稱其長於悲憤及讀花庵草堂所選又極

嫵秀之致可謂知言至稱其洒窻間惟稷雪句引毛詩疏為証為用字多有出處則其説似是而實非詞曲以本色為最難不尚新僻之字亦不尚典重之字稷雪之字拈以入詞究為別格未可以之立制也又卷内鶴沖天調本當作喜遷鶯晉乃註云向作喜遷鶯誤今改作鶴沖天不知喜遷鶯之亦稱鶴沖天乃後人因韋莊喜遷鶯詞有爭看鶴沖天句

而名調止四十七字元幹正用其體晉乃執後起之新名反以原名為誤尤疏於考證矣今削去此註而附辨其舛謬於此乾隆四十九年十一月恭校上

總纂官臣紀昀臣陸錫熊臣孫士毅

總校官臣陸費墀

欽定四庫全書

蘆川詞

宋 張元幹 撰

賀新郎 送胡邦衡待制赴新州

夢繞神州路悵秋風連營畫角故宮離黍底事崑崙傾砥柱九地黃流亂注聚萬落千村狐兔天意從來高難問況人情老易悲難訴更南浦送君去 涼生岸柳催殘暑耿斜河疎星淡月斷雲微度一作雨 萬里江山知何

處回首對床夜語雁不到書成誰與目盡青天懷今古肯兒曹恩怨相爾汝舉大白聽金縷

又 寄李伯紀丞相

曳杖危樓去斗垂天滄波萬頃月流煙渚掃盡浮雲風不定未放扁舟夜渡宿雁落寒蘆深處悵望關河空弔影正人間鼻息鳴鼉鼓誰伴我醉中舞 十年一夢揚州路倚高寒愁生故國汴京何許怒吼蛟龍三尺劍遺恨琵琶舊語謾暗澀銅華 澀一作拭 塵土喚取謫仙平章看

過苕溪尚許垂綸否風浩蕩欲飛（一作輕）舉

滿江紅（自豫章阻風吳城山作 或作春暮誤 或誤入片玉集）

春水迷天桃花浪幾番風惡雲乍起遠山遮盡晚風還作綠遍芳洲生杜若楚帆帶雨煙中落傍向來沙嘴共停橈傷飄泊　寒猶在衾偏薄腸欲斷愁難著倚篷窗無寐引盃孤酌寒食清明都過卻最憐輕負年時約想小樓終日望歸舟人如削

蘭陵王（春恨）

卷珠箔朝雨輕陰乍閣闌干外煙柳弄晴芳草侵堦映紅藥東風妬花惡吹落梢頭嫩蕚屏山掩沉水倦熏中酒心情怕盃勺　尋思舊京洛正年少踈狂歌笑迷著障泥油壁催梳掠曾馳道同載上林携手燈夜初過早共約又爭信漂泊　寂寞念行樂甚粉淡衣襟音斷絃索瓊枝壁月春如昨悵别後華表那回雙鶴相思除是向醉裏蹔忘却

又

綺霞散空碧留晴向晚東風裏天氣困人時節鞦韆閑深院簾旌翠波颭窗影殘紅一線春光巧花臉柳腰勾引芳菲鬧鸎燕　閑愁費消遣想蛾綠輕暈鸞鑑新怨單衣欲試寒猶淺羞衾鳳空展塞鴻難託誰問潛寬舊帶眼念人似天遠　迷戀畫堂宴肴最樂王孫濃豔爭勸蘭膏寶篆春宵短擁檀板低唱玉盃重煖衆中先醉謾倚檻早夢見

念奴嬌

江天雨霽正露荷擎翠風槐揺緑試問秦樓今夜裏愁到闌干幾曲笑撚黄花重題紅葉無奈歸期促算雲千里桂花初綻寒玉　有誰伴我凄凉除非分付與盃中醽醁水本無情山又遠回首煙波雲木夢繞西園魂飛南浦自古情難足舊遊何處落霞空映孤鶩

又

丁卯上巳燕集葉尚書蕊香堂賞海棠即席賦之

葢香深處逢上巳生怕花飛紅雨萬點臙脂遮翠袖誰識黄昏凝佇燒燭呈粧傳盃繞檻莫放春歸去垂絲無

語見人却似羞妒　修禊當時今日群賢管絃裏英姿如許寶靨羅衣應未有許多陽臺神女氣湧三山醉聽五鼓休更分今古壺中天地大家著意留住

又　代洛濱次石林韻

吳淞初冷記垂虹南望殘日西沉秋入青冥三萬頃蟾影吞盡湖陰玉斧為誰氷輪如許宮闕想寒深人間奇觀古今豪士悲吟　蒼弁丹頰仙翁淮山風露底曾賦幽尋老去專城仍好客時擁歌吹登臨坐揖龍江舉盃

相屬桂子落波心一聲猿嘯醉來虛籟千林

又 題徐明叔海月吟笛圖

秋風萬里湛銀潢清影氷輪寒色八月靈槎乘興去織女機邊為客山擁雞林江澄鴨綠四顧滄溟窄醉來橫吹數聲悲憤誰測　飄蕩貝闕珠宮群龍驚睡起馮夷波激雲氣蒼茫吟歗處鼉吼鯨奔天黑回首當時蓬萊方丈好箇歸消息而今圖畫謾教千甲傳得

又

寒綃素壁露華濃群玉峯巒如洗明鏡池開秋水淨冷浸一天空翠荷芰波生蘋蒲風動驚起魚龍戲山河影裏十分光照人世　誰似老子癡頑胡床欹坐自引壺觴醉醉裏悲歌歌未徹屋角烏飛星墜對影三人停盃一問誰解騎鯨意玉京何處翠樓空鏁十二

又　己卯中秋和陳丈少卿韻

垂虹望極埽太虛纖翳明河翻雪一碧天光波萬頃湧出廣寒宮闕好事浮家不辭百里俱載如花頰琴高雙

鯉鼎來同醉孤絶　浩蕩今夕風煙人間天上別似尋
常月陶冶三高千古恨賞我中秋清節八十仙翁雅宜
圖畫寫取横江檝平生奇觀夢回猶竦毛髪

石州慢

寒水依痕春意漸回沙際煙闊溪梅晴照生香冷蘂數
枝爭發天涯舊恨試看幾許消魂長亭門外山重疊不
盡眼中青是愁來時節　情切畫樓深閉想見東風暗
銷肌雪辜負枕前雲雨樽前花月心期切處更有多少

淒涼殷勤與歸時說到得再相逢恰經年離別

又 己酉秋吳興舟中

雨急雲飛瞥然驚散莫天涼月誰家疎柳低迷幾點流螢明滅夜帆風駛滿湖煙水蒼茫菰蒲零亂秋聲咽夢斷酒醒時倚危檣清絕　心折長庚光怒羣盜縱橫逆民猖獗欲挽天河一洗中原膏血兩宮何處塞垣秪隔長江唾壺空擊悲歌缺萬里想龍沙泣孤臣吳越

永遇樂 宿鷗盟軒

月仄金盆江縈羅帶涼飈天際摩詰丹青營丘平遠一望窮千里白鷗盟在黃粱夢破投老此心如水耿無眠披衣顧影乍聞遠堦絡緯 百年倦客三生習氣今古到頭誰是夜色蒼茫浮雲滅沒舉世方熟寐誰人著眼放神八極逸想寄塵寰外獨凭闌雞鳴日上海山霧起

又 為洛濱橫山作

飛觀橫空衆山繞甸江面相照曲檻披風虛簷掛月據盡登臨要有時巾屨訪公良夜坐我半天林杪攬浮丘

飄飄衣袂相與似遊蓬島　主人勝度文章英妙合住
北扉西沼何事十年風灑露沐不厭江山好曲屏端有
吹簫人在同倚算雲清曉棄除了人間寵辱付之一笑

八聲甘州 陪筠翁小酌橫山閣

倚凌空飛觀展營丘臥軸恍移時漸微雲點綴參橫斗
轉野濶天垂草樹縈迴島嶼杳靄數峰低共一樽明月
顧影為誰　俛仰乾坤今古正嫩涼生處濃露初稀據
胡床殘夜唯我與公知念老去風流未減見向來人物

幾興衰身常健何妨遊戲莫問樓遲

又 西湖有感寄劉晞顔

記當年共飲醉畫船摇碧罥花鈫問蒼顔華髪煙簑雨笠何事重來着盡人情物態冷眼只堪咍賴有西湖在洗我塵埃　夜久波光山色間淡粧濃抹氷鑑雲開東湖頭千丈江海雨崔嵬曉涼生荷香撲面洒天邉風露逼襟懷誰同賞通宵無寐斜月低回

水調歌頭 同徐師川泛太湖舟中作

落景下青嶂高浪卷滄洲平生頗慣江海掀舞木蘭舟

百二山河空壯底事中原塵漲喪亂幾時休澤畔行吟

處天地一沙鷗　想元龍猶高卧百尺樓臨風酹酒堪

笑談話覓封侯老去英雄不見惟與漁樵為伴回首得

無憂莫道三伏熱便是五湖秋

又 和鄰林居士中秋

閏餘有何好一歲兩中秋滕王高閣曾醉月湧大江流

今夜釣龍臺上還是當時逢閏佳句記英遊看山兼看

月登閣復登樓　别離久今古恨大刀頭老來常是清
夢宛在舊神州遐想鄉林風味甕裏自傾春色不用貰
貂裘笑我成何事搔首謾私憂

又　陪福帥讌集口占以授官奴

縹緲九重閣壯觀在人間涼飈乍起四圍晴黛入闌干
已過中秋時候便是菊花重九為壽一樽歡今古登高
意玉帳正清閒　引三巴連五嶺控百蠻元戎小隊舊
遊曾記竝龍山閫嶠尤寬南顧閫道天邊雨露持槖詔

新頒且擁笙歌醉鄜廟吏徐還

又

平日幾經過重到更留連黃塵烏帽覺來眼界忽醒然

坐見如雲秋稼莫問雞蟲得失鴻鵠下翩翩四海九州

大何地著飛仙　吸湖光吞蟾影倚天圓胸中萬頃空

曠清夜烱無眠要識世間閒處自有樽前深趣且唱釣

魚船調鼎他年事妙手看烹鮮

又

雨斷翻驚浪山暝擁歸雲麥秋天氣聊泛征棹泊江村不羡腰間金印却愛吾廬高枕無事閉柴門搔首煙波上老去任乾坤　白綸巾玉麈尾一盃春性靈陶冶我輩猶要箇中人莫變姓名吳市且向漁樵爭席與世共浮沉目送飛鴻去何用畫麒麟

又

露下菱歌遠螢傍藕花流臨溪堂上望中依舊柳邊洲晚暑氷肌沾汗新浴香綿撲粉湘簟月華浮長記開朱

户不寐待歸舟　恍重來思往事攬離愁天涯何處未應容易此生休莫問吳霜點鬢細與蠻牋封恨相見轉綢繆雲雨陽臺夢河漢鵲橋秋

又 癸酉虎丘中秋

萬里氷輪滿千丈玉盤浮廣寒宮殿西望湖海冷光流歸盡長空纖翳散亂疎林清影風露迫人愁徐步行歌去危坐且眠休　問孤蓬緣底事苦淹留倦遊回首向來雲卧兩星周此夜此生長好明月明年何處歸與在

南州老境一傖父異縣四中秋

又 贈汪秀才

袖手看飛雪高卧過殘冬飄然底事春到先我逐孤鴻

挾取筆端風雨快寫胸中丘壑不肎下樊籠大笑了今

古乘興便西東　一樽酒知何處又相逢奴星結柳與

君同送五家窮好是橘封千戶正恐樓高百尺湖海有

元龍目光在牛背馬耳射東風

又

今夕定何夕秋水滿東甌悲涼懷抱何事還倍去年愁萬里碧空如洗寒浸十分明月簾捲玉波流非是經年別一歲兩中秋　坐中庭風露下冷颼颼素娥無語相對樽酒且遲留琴罷不堪幽怨遥想三山影外人倚夜深樓矯首望霄漢雲海路悠悠

又 為趙端禮作

最樂賢王子今歲好中秋夜深珠履舉盃相屬畫名流宵雨乍開銀漢洗出玉蟾秋色人在廣寒遊浩蕩山河

影偏照岳陽樓 露華濃君恩重判扶頭霓旌星節已隨緣管下皇州滿座燭光華豔笑罥烏巾同醉誰問負薪裘月轉簷牙曉高枕更無憂

又 追和

舉手釣鼇客削迹種瓜侯重來吳會三伏行見五湖秋耳畔風波搖蕩身外功名飄忽何路射旄頭孤負男兒志悵望故園愁 夢中原揮老淚遍南州元龍湖海豪氣百尺卧高樓短髮霜黏兩鬢清夜盆傾一雨喜瓦鳴

鳴溝猶有壯心在付與百川流

又

放浪形骸外頽顏山澤癯倒冠落佩此心不待白髭鬚聊復脫身鵷鷺未暇先尋水竹矯首漢庭踈長夏喚丹荔丙紀傲閒居　忽風飄連雨打向西湖藕花深處尚能同載鯫生無聽子談天舌本澆我書空胸次醉卧踏冰壺畢竟凌煙像何似輞川圖

又　丁丑春與鍾離少翁張元鑒登垂虹

拄策松江上舉酒酹三高此生飄蕩往來身世兩徒勞長羨五湖煙艇好是秋風鱸鱠笠澤久蓬蒿想像英靈在千古傲雲濤 俯滄波吞空曠恍神交解衣盤礴政須一笑屬奇曹洗盡人間塵土掃去胸中氷炭痛飲讀離騷縱有垂天翼何用釣連鰲

又 送呂居仁名赴行在所

烽火驚淮甸星歷一周天干戈未定悲咤河洛尚騷然萬里兩宮無路政仰君王神武願數中興年吾道尊洙

泗何暇議伊川　呂公子三世相在凌煙詩名獨步焉用兒輩更毛箋好去承明讜論照映金狨帶穩恩與荔枝徧回首東山路池閣醉雙蓮

風流子　政和間過延平雙谿閣落成席上賦

飛觀插彫梁憑虛起縹緲五雲鄉對山滴翠嵐兩眉濃黛水分雙派滿眼波光曲闌外汀煙輕冉冉莎草細茫茫無數釣舟最宜煙雨有如圖畫渾似瀟湘　使君行樂處秦箏弄哀怨雲鬢分行心醉一缸春色滿座凝香

有天涯倦客樽前回首聽徹伊州惱損柔腸不似碧潭
雙劍猶解相將

魚遊春水

芳洲生蘋芷宿雨妝晴浮煖翠煙光如洗幾片花飛點
淚清鏡空餘白髮添新恨誰傳紅綾寄溪漲岸痕浪吞
沙尾　老去情懷易醉十二闌干慵遍倚雙鳧人慣風
流功名萬里夢想濃粧碧雲邊目斷孤帆夕陽裏何時
送客更臨春水

寶鼎現 筠翁李似之作此詞見招因賦其事使歌之者想像風味如到山中

山莊圖畫錦囊吟詠胸中丘壑年少日如虹豪氣吐鳳詞華渾忘却便袖手向巖前溪畔種滿煙梢霧籜想別墅平泉當時草木風流如昨　瘦藤閒倚看鉏藥雙芒鞵雨後常著目送處飛鴻滅沒誰問蓬蒿爭燕雀乍霽月望松雲南渡短艇欹沙夜泊正萬里青冥千林虛籟從渠縉繳　携幼尚有筠丁誰會得人生行樂岸績綸巾歸去深戶香迷翠幕恐未免上凌煙閣好在秋天鶚

念小山叢桂今宵在客不勝盃勺

祝英臺近

枕霞紅釵燕墜花露殢雲鬢粉淡殘香猶帶宿酲睡畫簷紅日三竿慵窺鸞鑑長是倚春風無力　又經歲玉腕條脫輕鬆羞郎見顦顇何事秋來容易又分袂可堪疎雨梧桐空堦絡緯背人處偷彈珠淚

朝中措 次聽父韻

花陰如坐木蘭舩風露正娟娟翠蓋匝庭芳影青蛟平

地飛涎　春撩狂興香迷痛飲中聖中賢携取一枝同

夢從他五夜如年

蝶戀花

窗暗窗明昏又曉百歲光陰老去難重少四十歸來猶

賴早浮名浮利都經了　時把青銅閒自照華髮蒼顔

一任傍人笑不會參禪并學道但知心下無煩惱

又

燕去鶯來春又到花落花開幾度池塘草歌舞筵中人

易老閑門打坐安閒好　敗意常多如意少著甚來由
入閙尋煩惱千古是非渾忘了有時獨自撚髯笑

沁園春 紹興丁巳五月六夜夢與一道人對歌數曲遂成此詞

神水華池汞鉛凝結虎龍往來問子前午後陽銷陰長
自然爐鼎何用安排靈寶玄門煙蘿真境三日庚生兌
戶開泥丸透盡周天火候平步仙階　蓬萊直上瑤臺
看海變桑田飛鼻埃念塵勞良苦光流易度明珠誰得
白骨成堆位極人臣功高今古總蹈危機吞禍胎爭知

我辦青鞵布襪雁蕩天台

又

欹枕深軒散帙虛堂畏景屢移漸披襟臨水搘床就月蓮香拂面竹色侵衣壓玉為醪折荷為醆臥看銀潢星四垂人歸後任飢蟬自嘯宿鳥相依　癡兒莫蹈危機悟三十九年都盡非任紆朱拖紫圍金珮玉青錢流地白璧如坻富貴浮雲身名零露事事無心歸便歸秋風動正吳松月冷蓴長鱸肥

臨江仙 送王叔濟

玉立清標消晚暑胸中一段氷壺畫舩歸去醉歌朱徵雲妝未盡殘月烱如初　鵷鷺行間催濶步秋來棄興皃趍煩君為我問西湖不知踈影畔許我結茅無

又 荼蘼有感

鸞喚屏山驚睡起嬌多須要郎扶荼蘼斗帳罷熏爐翠穿珠落索香泛玉流蘇　長記枕痕銷醉色日高猶倦粧梳一枝春瘦想如初夢迷芳草露望斷素鱗書

又（趙端禮重陽後一日置酒坐上賦）

十日籬邊猶袖手，教天冷地藏香。王孫風味最難忘。逃禪留坐客，度曲出宮粧。　判却為花今夜醉，大家且泛觴黄。人心休更問炎涼。從渠簪髮短，還我引盃長。

又（送宇文德和被召赴行在所）

露坐榕陰須痛飲，從渠疊鼓頻催。莫山新月兩裵徊。離愁秋水遠，醉眼曉帆開。　泛宅浮家遊戲去，流行坎止忘懷。江邊鷗鷺莫相猜。上林消息好，鴻雁已歸來。

醉落魄

浮家泛宅舊遊記霅溪蹤跡此生已是天涯隔投老誰知還作三吳客　故人怪我疎髯黑醉來猶似丁年日光陰未肯成虛擲蜀魄聲中著處有春色

又

綠枝紅萼江南芳信年年約竹轝路轉溪橋角晴日烘香的皪疎籬落　玉臺粉面鉛花薄畫堂長記深羅幕惜花老去情猶著客裏驚春生怕東風惡

又

一枝氷蕚鬢雲低度横波約醉扶曾罥烏巾角長是春來腸斷寶釵落　羅衣乍怯春風薄夜深花困遮壍幙不堪往事尋思著休問尊前客惡主人惡

又

雲鴻影落風吹小艇歌沙泊津亭古木濃陰合一枕灘聲客睡何曾着　天涯萬里情懷惡年華垂𦍒猶離索佳人想見猜疑錯莫數歸期已負當時約

南歌子 中秋

涼月今宵滿晴空萬里寬素娥應念老夫閒特地中秋著意照人間 香霧雲鬟溼清輝玉臂寒休教凝佇向更闌飄下桂花開早大家看

又

遠樹留殘雪寒江照晚晴分明江上數峯青倚檻舊愁新恨一時生 春意來無際歸舟去有程道人元自沒心情楚夢只因沈醉等閒成

又

玉露團寒菊秋風入敗荷繚墻南畔曲池渦天迥遥岑倒影落層波　月轉簷牙短更傳漏箭多醉來歸去意如何只爲地偏心遠慣絃歌

又

桂魄芬餘暈檀香破紫心高鬟鬆綰鬢雲侵又被蘭膏香染色沈沈　指印纖纖粉釵横隱隱金更闌雲雨鳳帷深長是枕前不見殢人尋

卜算子 梅

的皪數枝斜冰雪縈餘態燭外尊前滿眼春風味年年在

老去惜花深醉裏愁多睡冷蕊孤芳底處愁少箇人人戴

又

涼風入熏籠暗影欹花砌紫玉誰人三弄寒吹斷江梅意

花底溼春衣隔坐風輕遞却笑笙簫縹緲人明月偷垂淚

又

風露溼行雲沙水迷歸艇卧看明河月滿空斗挂蒼山頂　萬古只青天多事悲人境起舞聞雞酒未醒潮落秋江冷

又

芳信看寒梢影入花光畫玉立風前萬里春雪豔江天夜　誰折暗香來故把新篘瀉記得偎人竝照時鬢亂斜枝惹

浣溪沙

曲室明牕燭吐光瓦爐灰煖炷飄香夜闌茗椀間飛觴

坐穩蒲團憑棐几熏餘紙帳掩藜床箇中風味更難

忘

又

一枕秋風兩處涼雨聲初歇漏聲長池塘零落藕花香

歸夢等閒歸燕去斷腸分付斷雲行畫屏今夜更思

量

又 張仲時席上賦木犀

翡翠釵頭綴玉蟲秋蟾飄下廣寒宫數枝金粟露華濃花底清歌生皓齒燭邊疎影映酥胸惱人風味冷香中

又 武林送李似表

燕掠風檣款款飛艷桃穠李鬧長堤騎鯨人去曉鶯啼可意湖山留我住斷腸煙水送君歸三春不是别離時

又

雲氣吞江卷夕陽白頭波浪電飛忙奔雷驚雨濺胡床玉節故人同壯觀錦囊公子更平章榕陰歸夢十分涼

又

山繞平湖波撼城湖光倒影浸山青水晶樓下欲三更霧柳暗時雲度月露荷翻處水流螢蕭蕭散髮到天明

又

目送歸舟鐵甕城隔江想見蜀山青風前團扇僕頻更

夢裏有時身化鶴人間無數草為螢此時山月下樓

明

又 薔薇水

月轉花枝清影疎露華濃處滴真珠天香遺恨罥花鬚

沐出烏雲多態度暈成蛾綠費工夫歸時分付與粧

梳

又 篤耨香

花氣天然百和芬仙風吹過海中春龍涎沈水總銷魂

清潤巧縈金縷細氤氳偏傍玉肌溫別來長是惜餘

薰

又 范才元自釀色香玉如直與綠萼梅同調宛然京洛氣味也因名曰萼綠春且作一首諺以竊嘗為吹篁云

萼綠華家萼綠春山瓶何處下青雲濃香氣味已醺人

竹葉傳盃驚老眼松醪題賦倒綸巾須防銀字暖朱

唇

又　戲簡宇文德和求拈香

花氣蒸濃古鼎煙水沉春透露華鮮心清無暇數龍涎乞與病夫僧帳座不妨公子醉茵眠普熏三界掃塵緣

又　求年例貢餘香

花氣薰人百和香少陵佳句是仙方空教蜂蝶為花忙和露摘來輕換骨傍懷聞處惱迴腸去年時候入思

量

又

殘臘晴寒出衆芳風流勾引破春光年年長為此花忙

夜久莫教銀燭灺酒邊何似玉臺粧冰肌温處覓餘

香

又

棐几明窗樂未央熏爐茗椀是家常客來長揖對胡床

蟹眼湯深輕泛乳龍涎灰煖細烘香為君行草寫秋

陽

又 書大同驛壁

榕葉桄榔驛枕谿海風吹斷瘴雲低薄寒初覺倒征衣
歲晚可堪歸夢遠愁深偏恨得書稀荒庭日脚又垂
西

柳梢青

海山浮碧細風絲雨新愁如織慵試春衫不禁宿酒天
涯寒食 歸期莫數芳辰誤幾度回廊夜色入户飛花

隔簾雙燕有誰知得

又

小樓南陌翠軿金勒誰家春色冷雨吹花禁煙怯柳傷心行客　少年百萬呼盧擁越女吳姬共擲被底香濃罇前燭滅如今消得

醉花陰

紫樞澤物趨龍尾平入鈞衡位春殿聽宣麻爭喜登庸何似今番喜　崑臺宜有神仙裔奕世貂蟬貴玉砌長

蘭芽好擁筌歌長向花前醉

又

翠箔陰陰籠畫閣昨夜東風惡芳徑滿香泥南陌東郊惆悵妨行樂　傷春比似年時惡滿鬢新來薄何處不禁愁雨滴花腮和淚臙脂落

長相思令

香爂㦝玉爂肌嬌卧嗔人來睡遲印殘雙黛眉　蟲聲低漏聲稀驚枕初醒燈暗時夢人歸未歸

又

花下愁月下愁花落月明人在樓斷腸春復秋　從他休任他休如今青鸞不自由看看天盡頭

如夢令七夕

雨洗青冥風露雲外雙星初度乞巧夜樓空月妒回廊私語凝佇凝竚不似去年情緒

又

潮退江南晚渡山闊水西煙雨天氣十分涼斷送一年

殘暑歸去歸去香霧曲屏深處

又

卧看西湖煙渚綠蓋紅粧無數簾捲曲欄風拂面荷香吹雨歸去歸去笑損花邊鷗鷺

春光好

踈雨洗細風吹淡黄時不分小亭芳草綠映簷低　樓下十二層梯日長影裏鶯啼倚遍闌干看盡柳憶腰肢

又

吴綾窄藕絲重一鈎紅翠被眠時要人煖著懐中　六幅裙窣輕風見人遮盡行蹤正是踏青天氣好憶弓弓

虞美人

閑殘桃李春方到誰送東風早揩藜幽徑踏餘花却對緑陰青子問年華　迢迢雲水横清淺不遣愁眉展數竿脩竹自横斜猶有小窗朱戶似儂家

青玉案　謝趙端禮堂成

華裾玉轡青絲鞚記年少金吾從花底朝回珠翠擁曉

鐘初斷宿醒猶帶緑鏁窗中夢　天涯相遇鞭鸞鳳老去堂成更情重月轉簷牙雲遶棟涼吹香霧酒迷歌扇春笋傳盃送

又　再和

王孫陌上春風鞚蕊珠宴雲軿從歸去笙歌常醉擁蠟殘花炬月侵氷簟慣作涼堂夢　玉人勸客釵斜鳳絛脫擎盃舵嫌重燕子入簾飛畫棟雨餘深院漏催清夜更軋秦箏送

又 生朝

花王獨占春風遠看百卉芳菲遍五福長随今日宴粉光生豔寶香飄霧方響流蘇顫　壽祺堂上脩篁畔乳燕雙雙賀新院玉笋明年何處覲旌幢滿路貂蟬宜面歸覲黄金殿

又 筠翁生朝

水芝香遠揺紅影泛瑞靄横山頂縹緲笙歌雲不定玉鈎斜挂素蟾初滿醉愜浮瓜冷　庭蘭戲彩傳金鼎小

袖青衫更輝映誰道苕溪歸計近秋風催去鳳池難老長把中書印

又　生朝

銀漢露洗氷輪皎謫仙下蓬萊島簾捲橫山珠翠繞生朝香霧玳筵絲管長醉壺天曉　金鑾夜鏁麻新草入輔明光拜元老看取明年人揔道中興賢相太平時世分外風光好

又

月華冷沁花梢露芳意戀香肌任心字龍涎饒濟楚素馨風味碎瓊流品别有天然處　圍爐屈曲宜深炷留取春光向朱户綠綺聲中誰暗許小窗歸去夢回猶記金鼎分雲縷

又　賀方回所作世間和韻者多矣余經行松江何嘗百回念欲下一轉語了無好懷此來偶有得當與吾宗椿老子載酒浩歌西湖南山間寫我滯思二公不可不入社也

平生百繞垂虹路着萬頃翻雲去山澹夕暉帆影度菱歌風斷襪羅塵散總是關情處　少年陳迹今遲暮走

筆猶能醉詩句花底目成心暗許舊家春事覺來客恨分付疎篷雨

點絳唇 丙寅秋社前一日溪光亭大雨作

山暗秋雲暝鴉接翅啼榕樹故人何處一夜溪亭雨夢入新涼只道消殘暑還知否燕將雛去又是流年度

又

水驛凝霜夜帆風駛潮生曉酒醒寒悄枕底波聲小好去歸舟有箇人風調君行了此歡應少索共梅花笑

又

春曉輕雷釆蘋洲上清明雨亂雲遮樹暗澹江村路

今夜歸舟綠潤紅香處遥山募畫樓何許唤取潮回去

又

畫閣深圍煖紅光裏芳林影暗香成陣上下花相映

倒挂疎枝月落參横冷休裝景要人酒醒除是花枝並

又 生朝

嵩洛雲煙間生真相耆英裔要知鮐背難老中和氣

報道玉堂已草詔元制華夷喜繡裳貂珥便向東山起

又 呈洛濱筠谿二老

清夜沈沈暗蛩啼處簷花落乍涼簾幙香遶屏山角
堪恨歸鴻情似秋雲薄書難託儘教寂寞忘了前時約

又

醉泛吳松小舟誰怕東風大舊時經過曾向垂虹卧
月淡霜天今夜空清坐還知麼滿斟高和只有君知我

又

減塑冠兒寶釵金縷雙綉結怎教寧帖眼兒惱裏劣

韻底人人天與多磨折休分說放燈時節鬧了花和月

又

水鷄風帆兩着只解相思皺悄然難受教我怎唧噌

待得書來不管歸時瘦嬌癡後是事攔就只這難依口

虞美人

廣寒蟾影開雲路目斷愁來處菊花輕泛玉盃空醉後

不知星斗亂西東 今宵入夢陽臺雨誰恐先歸去酒

醒長是五更鐘休念舊遊吹帽幾秋風

又

西郊追賞尋芳處聞道衡寒去雨肥紅綻向南枝歲晚纔聞應是恨春遲　天涯樂事王孫貴花底還君醉有人風味勝疎梅醉裏折花歸去更傳盃

又

菊坡九日登高路往事知何處陵遷谷變總成空回首十年秋思吹臺東　西窗一夜蕭蕭雨夢遶中原去覺

來依舊畫樓鐘不道木樨香撼海山風

漁家傲 題玄真子圖

釣笠披雲青障繞橛頭雨細春江渺白鳥飛來風滿棹收綸了漁童拍手樵青笑　明月太虛同一照浮家泛宅忘昏曉醉眼冷看城市鬧煙波老誰能惹得閒煩惱

苕溪漁隱云張仲宗有漁家傲詞余往歲在錢塘與仲宗從遊甚久仲宗手寫此詞相示云舊所作也其詞第二句元是橛頭雨細春江渺余謂仲宗曰橛頭雖是船名今以雨觀之語晦而病因為政作綠簑雨細仲宗笑以為然

又

樓外天寒山欲暮，溪邊雪霽藏雲樹。小艇風斜沙嘴露。流年度，春光已向梅梢住。　短夢今宵還到否？葦村四望知何處？客裏從來無意緒。催歸去，故園正要鶯花主。

又　奉陪富公季申探梅有作

寒食西郊湖畔路，天低野闊山無數。路轉岡斜花滿樹。絲吹雨，南枝占得春光住。　藉草携壺花底去，花飛酒面香浮處。老手調羹當獨步。須記取，坐中都是芳菲侶。

謁金門 戲刻秦處度

鴛鴦渚春漲一江花雨別岸數聲初過櫓晚風生碧樹 艇子相呼相語載取篛愁歸去寒食煙村芳草路愁來無著處

又 道山亭餞張椿老赴行在

風露底石上岸巾愁起月到房心天似水亂峯清影裏 此去登瀛須記今夕道山同醉春殿明年人共指玉皇香案吏

又 送康伯檜

清光溢影轉畫簷涼入風露一天星斗溼無雲天更碧
灩引送君何惜記取吾曹今夕目斷秋江君到日潮
來風正急

瑞鷓鴣

雛鶯初囀鬭尖新雙蕊花嬌掌上身摠解滿斟偏勸客
多生俱是綺羅人　回波偷顧輕招拍方響低敲更合
箏荳蔻梢頭春欲透情知巫峽待為雲

又 彭德器出示胡邦衡新句次韻

白衣蒼狗變浮雲千古功名一聚塵好是悲歌將進酒不妨同賦惜餘春 風光全似中原日臭味要須我輩人雨後飛花知底數醉來贏取自由身

好事近

老去更思歸芳草正薰南陌上已又逢寒食歎三年為客 吹花小雨溼鞦韆閒却好春色天甚不憐人老早教人歸得

又

梅潤乍晴天簾捲畫堂風月珠翠共迷香霧是長年時節　瑤池清夜宴羣仙鸞笙未吹徹西母醉中微笑着蟠桃初結

又

春色到花房芳信一枝偏好勾引萬紅千翠為化工呈巧　花姑玉貌笑東風今朝放春早看取鬢邊𢢽勝永宜春難老

又

斗帳炷爐熏花露裛成薌澤縈透雪兒金縷醉玉壺春
色非煙非霧鏤窗中王孫傪遊客不道粉墻南畔也
有人聞得

怨王孫

小院春晝晴窗霞透著雨胭脂倚風翠袖芳意惱亂人
多煥金荷　多情不分羣葩後傷春瘦淺黛眉尖秀紅
潮醉臉半掩花底重門怨黃昏

又

紹興乙丑春二月既望季文忠置酒溪閣日昇雨過盡得雲煙變態如對營丘著色色坐客有歌怨王孫者請予賦其情抱葉子謙為作三弄吹雲裂石旁若無人永福前此所未見也老子於此興復不淺

霽雨天迥平林煙暝燈閃沙汀水生釣艇樓外柳暗誰家亂昏鴉　相思怪得今番甚寒食近小研魚牋信屏山半掩微醉獨倚闌干恨春寒

喜遷鶯令　送何晉之大著兄趨朝歌以侑酒

文倚馬筆如椽桂殿蚤登仙舊遊冊府記當年袞繡合

貂蟬慶天申瞻玉座鵷鷺正陪班看君穩步過花甎歸院引金蓮

鶴沖天 呈富樞密

雲葉亂月華光羅幕捲新涼玉醅初泛嫩鵞黄花露滴秋香 地行仙天上相風度世間人樣懸知洗盞徑開嘗誰醉伴禪床

喜遷鶯慢 鹿鳴宴作

雁塔題名寶津肦宴盛事簪紳常說文物昭融聖代搜

羅千里爭趨丹闕元矦勸駕鄉老獻書發軔龜前列山川秀園觀衆多無如閩越　豪傑姓標紅紙帖報泥金喜信歸來俱捷驕馬蘆鞭醉墜藍綬吹雪芳郊映月素娥情厚桂花一任郎君折須滿引南臺又是合沙時節

鷓鴣天

不怕微霜點玉肌恨無流水照氷姿與君著意從頭看初見東南第一枝　人散後雪晴時隴頭春色寄來遲使君本是花前客莫怪殷勤為賦詩

憶秦娥

桃花萼雨肥紅綻東風惡東風惡長亭無寐短書難託
征衫辜負深閨約禁煙時候春羅薄春羅薄多應消
瘦可忺梳掠

明月逐人來 燈夕趙端禮席上

花迷珠翠香飄羅綺簾旌外月華如水煗紅影裏誰會
王孫意最樂昇平景致 長記宮中五夜春風鼓吹遊
仙夢輕寒半醉鳳帷未煖歸去黨濃被更問陰晴天氣

小重山

誰向晴窗伴素馨蘭芽初秀發紫檀心國香幽豔最情深歌白雪紙少一張琴　新月冷光侵醉時花近眼莫頻斟薛濤箋上楚妃吟空凝睇歸去夢中尋

上西平 一作金人捧露盤

卧扁舟聞寒雨數佳期又還是輕誤仙姿小樓夢冷覺來應恨我歸遲鬢雲鬆處枕檀斜露泣花枝　名與利空縈繫添顦顇謾孤悽得見了說與教知偎香倚煖夜

爐圍定酒温時任他飛雪洒江天莫下層梯

春光好 為楊聰父侍兒切鱠作

花恨雨柳嫵風容愁濃坐久霜刀飛碎雪一樽同　勞煩玉指春葱未放筯金盤已空更與箇中尋尺素兩情通

又

寒食近踏青時畫堂西可是春來偏倦繡作生兒　香綿輕拂臙脂加文褓初試班衣悄没工夫存問我且憐

伊

清平樂

亂山深處雪擁溪橋路曉日乍明催客去驚起玉鵶翻樹　翠衾香煗檀灰一枝想見疎梅憑仗東風說與畫眉人共春回

又

明珠翠羽小綰同心縷好去吳松江上路寄與雙魚尺素　蘭橈飛取歸來愁眉待得伊開相見嫣然一笑眼

波先入郎懷

菩薩蠻

天涯客裏秋容晚妖紅聊戲思鄉眼一朵醉深粧羞渠照鬢霜　開時誰斷送不待思花共有脚好陽春芳菲屬主人

又　戲呈周介卿

拍堤緑漲桃花水面舩穩泛東風裏絲雨溼苔錢淺寒生禁煙　江山留不住卻載笙歌去醉墮玉搔頭幾曾

知旅愁

又　三月晦送春有集坐中偶書

春來春去催人老老夫爭肯輸年少醉後少年狂白髭殊未妨　揷花還起舞管領風光處把酒共留春莫教花笑人

又

雨餘翠袖瓊膚潤一枝想像傷春困老眼見花時惜花心未衰　釀成誰與醉應愛流蘇綴淚沁枕囊香惱人

歸夢長

又 政和壬辰東都作

黄鸎啼破紗窗曉蘭釭一點窺人小春淺錦屏寒麝煤

金博山 夢回無處覓細雨梨花溼正是踏青時眼前

偏少伊

又

甘林玉蘂生香霧遊蜂爭採清晨露芳意著人濃微烘

曲室中 春來瀛海外沈水迎風碎好事付餘熏頻分

幾縷雲

樓上曲

樓外夕陽明遠水樓中人倚東風裏何事有情怨别離

低鬟背立君應知　東望雲山君去路斷腸迢迢盡愁

處明朝不忍見雲山從今休傍曲闌干

又

清夜燈前花報喜心隨社燕涼風起雲路修成寳月時

東樓悵望君先期　沆瀣秋香生玉井畫檐深轉梧桐

影着君西去侍明光盃中丹桂一枝芳

荳葉黄唐腔也為伯南賦早梅僕和韻

氷溪踈影竹邊春翠岫天寒峒㝵雲雪裏精神澹佇人

隔重門竇粟生香玉半温

又

踈枝冷蘂忽驚春一點芳心入鬢雲風韻情知似玉人

笑迎門香㶿紅爐酒未温

又見草堂別集

輕羅團扇掩微羞酒滿玻瓈花滿頭小板齊聲唱石州月如鈎一寸橫波入鬢流

滿庭芳 壽

梁苑春歸章街雪霽柳梢花萼初萌非煙非霧新歲樂昇平京兆雍容報政金獄過九陌塵輕朝回處青霄路穩黄色起天庭 東風吹緑鬢薄羅剪綵小綰流鶯比渭濱甲子尚父難兄滿泛椒觴獻壽斑衣侍雲母分屏明年會雙衣對引談笑秉鈞衡

又 壽富樞密

韓國殊勛洛都西内名園甲第相連當年緑鬢獨占地行仙文彩風流瑞世延朱履絲竹喧闐人皆仰一門相業心許子孫賢 中興方慶會再逢甲子重數天先問千齡誰比五福俱全此去沙隄步穩調金鼎七葉貂蟬香檀緩盃傳鸚鵡新月正娟娟

又 為趙西宗外壽

玉葉聯芳天潢分潤壽筵長對熏風間平襟度濮邸行

尊崇忠孝家傳大雅無喜恨一種寬容芝蘭盛綵衣嬉戲親睦冠西宗　綵綸膺重寄遥防還美木鎮恩隆應萱堂齊福誕月仍同花藥香濃氣煥凝瑞雲滿酌金鍾龍光近星飛驛馬宣入嗣王封

又

三十年來雲遊行化草鞋踏破塵沙徧叅尊宿曾記到京華衲子如麻似粟誰曾笑瞿老拈花經離亂青山盡處海角又天涯　今宵閑打睡明朝粥飯隨分僧家把

木佛燒却除是丹霞撞著門徒施主驀然箇喜捨由他
盧陵米還知價例毫髮更無差

瑞鶴仙 壽

倚格天峻閣舞庭槐陰轉盆榴紅爍香風泛簾幙擁霞
裾瓊珮真珠瓔珞華陽慶渥誕蘭房流芳秀萼有赤繩
繫足從來相問自然媒妁 遊戲人間榮貴道要元微
水源清濁長生大樂彩鸞韻鳳簫鶴對木公金母子孫
三世婦姑爲壽滿酌着千齡舉家飛昇玉京更樂

又 壽

喜西園放鑰對燕清香潤棠陰寒薄東風夜來惡禁煙時天氣鶯啼花落新晴共約怕韶光容易過却把銅壺緩泛金盃祓禊嬉遊行樂　絃索笙簧聲裏還記蘭房正垂羅幕初眠柳弱梅如荳玉如琢向鳳皇池上鴛鴦影裏他年何啻紫橐着流芳繼踵韋平盛傳鞏洛

瑶臺第一層 壽

寶歷祥開飛練上青冥萬里光石城形勝秦淮風景威

鳳來翔臘餘春色早兆鈞璜賢佐興王對熙旦正格天
同德全魏分疆　熒煌五雲深處化鈞獨運斗魁旁繡
裳龍尾千官師表萬事平章景鍾文瑞世醉尚方難老
金漿慶垂裳着雲屛間坐象笏堆床

又

江左風流鍾間氣洲分二水長鳳皇臺畔投懷玉燕照
社神光荳花初秀雨散暑空洗出秋涼慶生旦正圓蟾
呈瑞仙桂飄香　肝腸挨文摛錦駕雲棄鶴下鵷行紫

樞將命紫微如綍常近君王舊山同梓里荷月旦久已
平章九霞觴薦刀圭丹餌衮繡朝裳

望海潮 癸卯冬為建守趙季西賦碧雲樓

蒼山煙澹寒谿風定玉簪羅帶綢繆輕靄弄飛青冥遠
淨珠星壁月光浮城際涌層樓正翠簾高捲綠瑣低鈎
影落尊罍氣和歌管共清遊 史君冠世風流擁香鬟
凭檻霧鬟凝眸銀燭燠宵花光照席譙門莫報更籌逸
興醉無休賦探梅芳信翻曲新謳想見疎枝冷蕊春意

欽定四庫全書

到沙洲

又 為富樞密生朝壽

麒麟圖畫貂蟬冠冕青氊自屬元勲綠野舊遊平泉雅詠霞舒煙卷朝昏風月小陽春照玳筵珠履公子王孫雪度崧高影横伊水慶生申　早梅長醉芳樽況中興盛際宥密宗臣琳館奉祠金甌覆字和羹妙手還新光射紫微垣看五雲朝斗千載逢辰開取八荒壽域一氣轉洪鈞

十月桃

年華催晚聽樽前偏唱衝煗欺寒樂府誰知分付點化金丹中原舊遊何在頻入夢老眼空潸掩人冷蕋渾似當時無語低鬟　有多情多病文園向雪後尋春醉裏凭闌獨步羣芳此花風度天然羅浮淡粧素質呼翠鳳飛舞斕斑參横月落留恨醒來滿地香殘

又　為富樞密

蟠桃三熟正清霜吹冷愛日烘香小試芳菲時候無限

風光洛濱老人星見傍少室雲物開祥丹青萬彙熊兆崑臺鳳舉朝陽　向元樞曾輔岩廊記名著金甌位入中堂夢熟釣天屢驚顛倒衣裳黄髮更宜補袞歸去定軍國平章筦絃珠翠蘭玉簪纓歲歲稱觴

感皇恩

綠髮照魁星平康爭着錦繡肝腸五千卷出逢熙運蚤侍玉皇香案禁塗揚歷遍紆宸眷　安養老成十年蕭散天要中興相公建生朝開宴長是通宵絃筦藕花香

不斷南風遠

又　壽

年少太平時名園甲第談笑雍容萬鍾貴姚黃重綻長
對小春天氣綺羅叢裏慣今朝醉　台衮象賢元樞虛
位壯歲青雲自魯致流霞麟脯難老洛濱風味謝公須
再為蒼生起

又　壽

莇子著花繁清微庭院賀厦雙飛畫梁燕綺羅叢裏百

欽定四庫全書

和鑪烟祝願願從今日去身長健　檀板競催榕陰初
轉舞袖風前翠翹顫明年開府錫宴金鍾宣勸壽星朝
北斗君王眷

又壽

豹尾引黄旛宣麻金殿雨露恩濃自天遣縉紳交譽最
樂至誠為善信知宗姓喜君王眷　寶炬宻香玉卮波
灔醉擁笙歌夜深院西清波近雅稱元戎同燕要着茅
王相貂蟬面

夏雲峯 丙寅六月為筠翁壽

湧冰輪飛沆瀣霄漢萬里雲開南極瑞占象緯壽應三台錦腸珠唾鍾間氣卓犖天才正暑有祥光照社玉燕投懷　新堂深處捧盃乍香泛水芝空翠風迴涼送豔歌緩舞醉墮瑤釵長生難老都道是柏葉仙階笑傲且山中宰相平地蓬萊

千秋歲 壽

相門出相和氣濃春釀傳家冠珮雲臺上龎眉扶壽杖

綠髮披仙氅星兩兩泰階已應昇平象 玉砌蘭芽長定向東風賞添綵袖褰羅幌絲簧俱妙手珠翠爭宮樣江海量年年醉裏翻新唱

水龍吟 周總領生朝

水晶宮映長城藕花萬頃開浮蘂紅粧翠蓋生朝時候湖山搖曳珠露爭圓香風不斷普熏沈水似瑶池侍女霞裾緩步壽煙光裏 霖雨已沾千里兆豐年十分和氣新郎綠鬢錦波春釀碧筩宜醉荷橐還朝青氊奕世

除書將至看巢龜戲葉蟠桃著子祝三千歲

南鄉子 壽

山寺輞川圖霜葉雲林錦繡居壽斝浮春珠翠擁歡娛滿院流泉繞綺疏 道氣自膚腴几席輕塵一點無天要耆英修相業清都已有泥書降玉除

捲珠簾 壽

祥景飛光盈衮繡流慶崐臺自是神仙胄誰遣陽和放春透化工重入丹青手 雲璈錦瑟爭為壽玉帶金魚

共願人長久偷取蟠桃薦芳酒更看南極星朝斗

醉蓬萊　壽

對小春桃豔曲室爐紅作寒天氣七葉蓂開應金章道
貴夢草銀鉤爍花珠唾是素來風味滿腹經綸回天議
論崑臺仙裔　秘殿陞華紫樞勛舊退步真祠簡心端
扆迎日天元聽正衙宣制盡洗中原徧為霖雨宴後堂
歌吹柏子千秋丹砂九轉今宵長醉

隴頭泉

少年時壯懷誰與重論視文章真成小技要知吾道稱尊奏公車治安秘計樂油幕談笑從軍百鎰黄金一雙白璧坐看同輩上青雲事大謬轉頭流落徒走出修門三十載黄粱未熟滄海揚塵 念向來浩歌獨往故園松菊猶存送飛鴻五絃寓目望爽氣西山忘言整頓乾坤廓清宇宙男兒此志會須伸更有幾渭川垂釣投老策奇勛天難問何妨袖手且作閒人

天仙子 三月十二日奉同蘇子陪富丈訪筠翁於舊居遂為杏花留飲懽甚命賦長短句乃

得天仙子寫呈兩
公未章併發一笑

樓外輕陰春澹佇數點杏梢寒食雨少年油壁記尋芳梁苑路今何處千樹紅雲空夢去 驚見此花須折取明日滿城傳侍女情知醉裏惜花深留春住聽鶯語一段風流天付與

鵲橋仙

靚粧豔態嬌波流盼雙靨橫渦半笑樽前燭畔粉生光更低唱新翻轉調 花房結子氷枝清瘦醉倚香濃寒

峭雛鶯新囀上林聲驚夢斷池塘春草

漁父家風

八年不見荔枝紅腸斷故園東風枝露葉誰新採悵望冷香濃　氷透骨玉開容想筠籠今宵歸夢滿頰天漿更御冷風

生查子

天生幾種香風味因花見竒旎透香肌髩鬢飛花片雨潤惜餘熏煙斷猶相戀不似薄情人濃淡分深淺

減字木蘭花

客亭小會可惜無歡容易醉歸去更闌細雨鳴窗一夜寒　昏然獨坐舉世疎狂誰似我強撥爐煙也道今宵是上元

眼兒媚

蕭蕭疎雨滴梧桐人在綺窗中離愁遍遶天涯不盡却在眉峯　嬌波暗落相思淚流破臉邊紅可憐瘦似一枝春柳不禁東風

昭君怨

春院深深鶯語花愁一簾煙雨禁火已銷魂更黄昏

衾煖麝燈落地雨過重門深夜枕上百般猜未歸來

夜遊宫

半吐寒梅未折雙魚洗冰澌初結户外明簾風任揭擁紅爐洒窗間惟稷雪　比去年時節這心事有人忻説斗帳重熏鴛被疊酒徹醺管燈花今夜别 稷一作霰 比去一作此日

楊柳枝 席上次韻曾韻王

深院今宵枕簟涼燭花光更籌何事促行觴惱剛腸
老去一簑煙雨裏釣滄浪看君鳴鳳向朝陽且腰黄

絲鸞歸令 為張子安舞姬作

珠履爭圍小立春風趁拍低態閒不管樂催伊整朱衣
粉融香潤隨人勸玉困花嬌越樣宜鳳城燈夜舊家
時數他誰

江神子

夢中北去又南來飽風埃鬢華衰浮水飛蓬踪跡為誰

催自笑自悲還自語一盃酒鼻如雷　曉輿行處覺春回屑瓊瑰糝莓苔病眼衝寒欲閉又還開水近人家籬落畔遥認得一枝梅

西江月　和蘇庭藻

小閣劣容老子北窗仍遮南風維摩丈室久空空不與散花同夢　且作太真遊戲未甘金粟龍鍾憐君病後頬顴隆識取小兒戲弄

訴衷情　余兒時不知有荔子自呼為紅鹽父母賞其名新昔所未聞殊盡形似之美久欲記

之而因循比興諸公和長短句故及之以訴衷情蓋里中推星毬紅鶴頂紅皆佳品海舫便風數日可到

兒時初未識方紅學語問西東對客呼為紅荔此興已偏濃嗟白首抗塵容費牢籠星毬何在鶴頂長丹誰寄南風

採桑子 奉和秦楚村史君荔枝詞

華堂清暑榕陰重夢裏江寒火齊心繁興在氷壺玉井闌風枝露葉誰新採欲餉防慳遺恨空槃留取香紅

滿地着

菩薩蠻 送友人還富沙

山城何歲無風雨樓臺底事隨波去歸棹望譙門沙痕烔斷雲 詩成空弔古想像經行處陵谷有餘悲舉觴澆別離

又

微雲紅襯餘霞綺明星碧浸銀河水欹枕畫簷風愁生草際蛩 雁行離塞晚不道衡陽遠歸恨隔重山樓高

莫凭闌

浣溪沙 詠木香

睡起中庭月未蹉繁香隨影上輕羅多情肯放一春過

比似雪時猶帶韻不如梅處却緣多酒邊枕畔奈愁何

好事近

華燭烱離觴山吐四更寒月公子唾花枝玉畫一時豪傑

三冬蘭若讀書燈想見太清絶紙帳地爐香煖傲

一窗風月

南歌子

玉斧修圓了，氷輪分外清。共看星向繡衣明。元是生朝、為壽對難兄。　鴻雁翻秋影，塤篪和笑聲。他年中令緣衣榮。記取今宵丹荔、醉瑶觥。

醉花陰　詠木犀

紫菊紅萸開把早。獨占秋光老。醖造一般清，比著芝蘭，猶自爭多少。　霜刀剪葉呈纖巧。手撚迎人笑。雲鬢一

枝斜小閣幽窗是處都香了

點絳唇

小雨收晴坐來池上荷珠碎掉眉濃翠怎不教人醉
美盼流觴白鷺窺秋水天然媚大家休睡笑倚西風裏

花心動七夕

水館風亭晚香濃一番芰荷新雨簟枕乍閒襟裾初試
散盡滿天袢暑斷雲卻送輕雷去疎林外玉鈎微吐夜
漸永秋驚敗葉涼生庭户　天上佳期久阻銀河畔仙

車縹緲雲路舊愁未平幽懽難駐恨入半天風露綺羅人散金猊冷醉魂到華胥深處洞户悄南樓畫角自語

驀山溪

一番小雨洗覺添秋色桐葉下銀床又送箇淒涼消息故鄉何處搔首對西風衣線斷帶圍寬衰鬢添新白錢塘江上冠蓋如雲積騎馬傍朱門誰肯念塵埃墨客佳人信杳日暮碧雲深樓獨倚鏡頻看此意無人識

踏莎行 別意 草堂別選

欽定四庫全書

芳草平沙斜陽遠樹無情桃葉江頭渡醉來扶上木蘭
舟將愁不去將人去 薄劣東風夭斜飛絮明朝重覔
吹笙路碧雲香雨小樓空春光已到銷魂處

盧川詞